¡Esto es Troya!

PUNTO DE ENCUENTRO

Francisco López Salamanca

¡Esto es Troya!

EVEREST

Coordinación Editorial: Ana María García Alonso
Esteban González
Coordinador de Teatro: José Cañas
Maquetación: Emilia González Ordás

Ilustración de cubierta: Suso Cubeiro
Diseño de cubierta: Jesús Cruz

TERCERA EDICIÓN

Carretera León-La Coruña, km 5 - LEÓN
ISBN: 84-241-7705-3
Depósito legal: LE. 1426-2000
Printed in Spain - Impreso en España

EDITORIAL EVERGRÁFICAS, S. L.
Carretera León-La Coruña, km 5
LEÓN (España)

Prólogo

"Si un día el teatro muriera, nacería al día siguiente cuando un niño, en un desván, se vistiera con ropajes antiguos, jugando a convertirse en otro personaje."

JOAN BROSSA, poeta

Este libro que ahora tienes en tus manos es una clara invitación para realizar una de las más apasionantes actividades que existen: hacer teatro. Y hacer teatro no es otra cosa que jugar a traspasar mágicamente –intrépida Alicia– el espejo de lo cotidiano para descubrir así que hay otras vidas, otras personas, otros tiempos, otros espacios distintos a los tuyos, para acercarnos a ellos, para proyectar en una serie ilimitable de personajes nuestros propios sueños e ilusiones.

El Teatro, de esta manera, se concibe desde el principio como un juego (el juego de la libre Expresión) con unas reglas básicas muy fáciles, que todos deben aceptar, en donde el texto a representar se convierte en un pretexto para jugar con hechos, acciones, personajes, escenarios, músicas, ambientes... y en donde el público no debe ser un mero representante pasivo sino parte importante de la acción misma: aquellos que tienen el poder de contemplar muy de cerca los sentimientos, deseos e inquietudes de aquellos que viven al otro lado del espejo y que han sido convocados por la magia del Juego Teatral para disfrute de actores y espectadores.

Con esa idea nace esta obra. Es una más entre una selección de textos elegidos con el motivo que se acaba de exponer. Es un texto vivo, concebido por el autor para el placer de la recreación artística. Seguro que, en manos de jóvenes actores–jugadores, el texto se expande, se ensancha, se sube al escenario, se va más allá de los límites de la sala donde se representa, prendido en la retina y en el corazón de los que la vean. Por eso se ha escrito esta obra: para que sea representada, para que se abra con el telón, para que sus palabras lo inunden maravillosamente todo...

Será tarea del director o directora de la obra que la ilusión siempre esté presente, superándose así las horas más mecánicas de la repetición y del ensayo. También en ellas se puede buscar qué hay detrás de la palabra, del guiño que hace el personaje y que no dice el texto, de todo cuanto puede enriquecer la obra y que el autor no quiso desvelar.

Animaos todos con ella. Divertirse tiene que ser la meta esencial, lo primordial. Cuando los niños, las niñas, la juventud toda, asume una propuesta con verdadero entusiasmo, no hay límites ni barreras, no hay impedimentos ni obstáculos.

Ojalá que este texto que aquí nace se acoja con ese contagioso y fenomenal entusiasmo que posee la infancia.

Si así fuera, no existiría duda alguna de que la obra habría prendido más allá de las fronteras naturales de este libro, que son sus páginas, se habría hecho grande, muy grande, y habría llegado, dulce y maravillosamente, a los lugares que para ella un día soñó su autor.

José Cañas
Coordinador de la serie de Teatro
Editorial EVEREST

¡ESTO ES TROYA!

ATREZZO

La escena tendrá como fondo un decorado con montañas; a la derecha, un trozo de mar y costa. A la izquierda se situará una estructura de cartón u otro material simulando las murallas de una ciudad. En el centro del muro, una puerta que se podrá abrir y cerrar, y sobre ésta un cartel que diga: "ESTO ES TROYA". Dentro de las murallas, unas banquetas permitirán a los actores asomar al menos medio cuerpo entre las almenas. Esta estructura avanzará lo suficiente sin impedir que delante de las murallas puedan maniobrar los actores.

A la derecha, casi en la embocadura del escenario, unas rocas de cartón servirán a los actores de escondite cuando la acción lo requiera.

Izquierda y derecha serán las de los actores. Los efectos se indicarán en el momento adecuado.

PERSONAJES

ULISES, AGAMENÓN Y AQUILES: Llevarán las indumentarias propias de los soldados griegos, lanzas, espadas y escudos. Se distinguirán por las plumas o copetes de los cascos, que serán de distinto color. Aquiles llevará un plumero exageradamente grande.

HOMERO: Vestirá túnica blanca, gafas, lira y bloc en el cual tomará notas casi constantemente. Cuando hable hará sonar su lira.

MARINEROS 1º y 2º: Vestirán de marinero y portarán lanzas. Deben parecerse lo más posible.

ZEUS Y POSEIDÓN: Su indumentaria se indicará oportunamente.

HÉCTOR, ARISTÓTELES Y ANACLETO: Su vestimenta podrá ser diferente o idéntica a la de los griegos, según las posibilidades, pero deberán llevar algún signo diferencial que puede marcarse en los cascos o plumeros.

TROYANOS 1º y 2º: Llevarán chándal deportivo, así como el correspondiente armamento.

(La escena aparece iluminada por la luz del mediodía. Sentado en el suelo, contra la muralla, un centinela duerme.)

Marinero 1º: ¡Tierraaa...!

Marinero 2º: ¿Dónde?

Marinero 1º: Ahí enfrente, ¿no la ves?

Ulises: Ya era hora. Tengo los músculos entumecidos.

Marinero 2º: Como que no has cogido un remo en todo el viaje, ¡oh, astuto Ulises!

Ulises: Sin criticar, que soy el jefe. Bueno, llegó la hora del discurso.

Marinero 1º: Que sea corto porque si no, nos vamos.

Ulises: Breve, concreto y claro. Ahí va: ¡Oídme, aqueos!, después de navegar por los siete mares, después de soportar las más feroces tormentas a través del mar Egeo…

Marinero 2º: Jefe, que no ha sido para tanto.

Ulises: ¡A callar! Aquí mando yo. Y lo que yo digo es la pura y destilada verdad. ¡Silencio! A ver… ¿Por dónde iba?

Marinero 1º: Por lo de las cuatro gotas, digo, tormentas.

Ulises: ¡Ah, sí! Aqueos, después de arrostrar las más peligrosas tormentas henos aquí delante de la ciudad de Troya. *(Indeciso)* Al menos eso creo.

Marinero 2º: ¿Nos podemos bajar ya de la barca, jefe?

Ulises: ¡No! ¡Qué manía tenéis de bajaros de la barca! Filomeno se bajó, y ya lo visteis: se lo comió un tiburón.

Marinero 1º: Pero ahora estamos en la orilla, Ulises.

Ulises: ¿Olvidáis a los soldados troyanos? Son peores que el tiburón que se comió a Filomeno. Estarán esperándonos para tendernos una emboscada. Así es que yo, que para algo soy el mas astuto, saltaré el primero a tierra y veré la forma de conjurar el peligro. Quedaos aquí hasta que os avise.

Marineros: ¡A la una!, ¡a las dos! y... ¡a las dos y media! *(De un salto aparece Ulises en escena entre las risas de los marineros)*

Ulises: *(Enfadado)* Ya me la han pegado otra vez. Si lo sé no los traigo conmigo. *(Se oyen las risas de los marineros)* ¡Chist! ¿Es que no podéis callaros un momento? *(Se hace el silencio. Al público)* Ahora con todo sigilo me acercaré a espiar. Los troyanos estarán ya sobre aviso. *(Se acerca a gatas al centinela dormido. Le despierta)* ¡Eh! ¡oiga, buen hombre! ¡Despiértese!

Aristóteles: ¡Eh! ¡Ay! ¡Qué susto me ha dado! ¡Creí que era el capitán! Si me pilla dormido me la gano: una semana en el calabozo a pan y agua. *(Se incorporan ambos)* Es muy rígido, ¿sabe usted?

Ulises: Dígame, por favor, ¿es esto Troya?

Aristóteles: ¿Es que no ha leído el cartel? Pues no es grande ni nada. Si levanta la vista lo verá. Lea usted, lea.

Ulises: *(Leyendo titubeante)* Es-to es Tro-ya. ¡Troya! ¡Cielos! *(Aparte)* ¡Oh, pérfido Paris, raptor de la preciosa Helena!

Aristóteles: ¿Le pasa algo?

Ulises: No, soldado, hablaba solo. Otra preguntita, si es tan amable…

Aristóteles: Diga, diga, para eso estamos. No faltaría más.

Ulises: ¿Han llegado por aquí unos griegos?

Aristóteles: Ni me los nombre. Desde que Paris invitó a una griega llamada Helena a pasar aquí unos días para enseñarnos algunos trucos deportivos, no nos podemos quitar de encima a los griegos.

Ulises: Pero… ¿Agamenón, Aquiles y la pandilla vinieron ya por aquí?

Aristóteles: ¡Que si vinieron! Ya lo creo. ¿A que no sabe qué es lo que querían?

Ulises: ¿Qué?

Aristóteles: Pues ajustarle las cuentas al Paris por haber invitado a la Helena. Estuvieron un rato discutiendo aquí y luego, como se enfadaron, se marcharon cada uno por su sitio. ¿Usted no será griego, verdad? *(Coge la lanza)*

Ulises: *(Sorprendido)* ¿Yo? ¡qué va! Es que pasaba por aquí...

Aristóteles: Vamos, vamos, confiéselo. ¿A que sí es griego?

Ulises: Pues yo... no sé qué decirle.

Aristóteles: Es que no nos podemos fiar. Anda suelto cada griego por ahí. *(Confidencial)* Tenemos orden de... *(Hace gesto de cortar el cuello)* ¿Entiende?

Ulises: Entiendo. Así que, buen hombre, ya no le canso más. Voy a ver si doy un paseíto y... usted, a lo suyo, a vigilar, ¡eh! *(Sale corriendo hacia el foro)*

Aristóteles: *(Escamado)* Este individuo no me gusta ni un pelo. Voy a ver si coincide con la descripción. *(Saca un papel y describe al actor que hará el personaje de Ulises)* ¡Por Zeus! ¡Es él!, ¡Ulises, el astuto! ¡Se ha quedado conmigo! Esto indica que han llegado más griegos y, si han llegado más griegos, es que va a haber problemas. *(Asustado y llamando a la puerta)* ¡Abrid, abrid rápido!

Anacleto: *(Voz lejana dentro de la muralla)* ¿Qué pasa ahí?

Aristóteles: Que me parece que vienen otra vez los griegos.

Anacleto: ¡Qué pesados! ¿No será otra equivocación, Aristóteles?

Aristóteles: No, Anacleto. He leído la descripción y coincide con él.

Anacleto: ¿Con quién?

Aristóteles: Con Ulises, el terror de los mares.

Anacleto: ¿Estás seguro?

Aristóteles: ¡Claro que sí! Abre de una vez la puerta.

Anacleto: ¡Voy!

(Al momento se abre la puerta y entra Aristóteles apresuradamente. En off, Ulises arenga a los suyos.)

Ulises: ¡Aqueos!

Marineros: ¿Qué?

Ulises: Abajo del barco. Esto es Troya.

Marinero 1º: ¿Seguro?

Ulises: ¿Vas a dudar de lo que afirma Ulises, el de la mano dura?

(Entran en escena Ulises, marineros 1º y 2º y Homero.)

Marinero 2º: ¿Has dicho Ulises el de la cara dura?

Ulises: *(Amenazante)* ¡Como te coja...!

Marinero 2º: ¡Que no he sido yo, que ha sido éste! *(Señala a Homero)*

Ulises: ¡Hombre, Homero, que tú vienes en plan periodista, no a insultar a los jefes!

Homero: ¿Qué dices, Ulises? El zorro de los mares no hallará jamás en mis labios otras palabras que no sean de elogio. Yo vengo a hacer un reportaje de tus hazañas y nada más. *(Hace sonar su lira)*

Ulises: Pues ya sabes que si me sacas favorecido, hay regalito.

Homero: Me esmeraré y quedarás complacido.

Marinero 1º: *(Aparte a Homero)* ¡Pelota!

Homero: Envidia pura y amarilla.

Ulises: Bien. Vamos a deliberar. Ahí está Troya. Tras esas murallas se esconde Helena y nosotros estamos aquí para devolverla a Grecia. Aqueos, nada nos detendrá, si hay que tirar la puerta pues se tira y si hay que saltar la muralla, pues se salta, y si hay…

Marinero 2º: *(Enardecido)* Eso, eso, se tira, se salta, se…

Ulises: ¡Silencio, imprudente! ¿Olvidas que cientos de ojos nos espían?, ¿que las paredes oyen?, ¿que aquí, además de Helena, puede haber gato encerrado? Lo más sensato ahora es buscar a Aquiles y a Agamenón. Tengo una idea estupenda pero quiero que ellos sean testigos. Os la diré. Y tú Homero, toma nota.

Homero: Tomo nota.

Ulises: Construiremos un caballo de madera y nos meteremos dentro. Cuando los troyanos lo encuentren creerán que es un regalo de los dioses y meterán el caballo en la ciudad, entonces... cuando más descuidados estén, saldremos nosotros y Troya será nuestra.

Homero: ¡Maravilloso! ¡Cuando se enteren en Grecia de tu astucia, ¡oh, genial Ulises!

Marinero 1º: Pero... ¿Se tragarán los troyanos el anzuelo?

Ulises: ¡Y dale con dudar de mí! Ya veréis cómo sale bien.

Marinero 2º: Bueno, pues vamos a hacer el caballito.

Ulises: No, aún no. Busquemos a los demás griegos. Deben de estar por ahí. ¡Seguidme!, ¡en silencio y sin perderme de vista! *(Salen por el foro opuesto al de la entrada andando a gatas)*

(Voces en off dentro de Troya.)

Anacleto: ¿Se ve algo?

Aristóteles: Espera que me suba. ¡No veas lo difícil que es subir por estas escaleras!

Anacleto: ¡Claro! ¡Si le faltan todos los peldaños!

Aristóteles: Empuja. Ya estoy casi arriba. ¡Huy, qué mareo!

Anacleto: A ver si te caes y me pillas debajo.

Aristóteles: Ya estoy... casi. *(Asoma entre las almenas con el casco cubriéndole los ojos)*

Anacleto: ¿Ves algo?

Aristóteles: ¡Cielos! ¡No veo nada! ¡Me he quedado ciego!

Anacleto: Quítate el casco de delante de los ojos.

Aristóteles: Es verdad. Ya veo. *(Se coloca bien el casco)*

Anacleto: *(Asomando en la muralla)* Pero… ¿Y los griegos?

Aristóteles: ¡Por las barbas del gran Zeus! Que su rayo poderoso me fulmine si esto no estaba lleno de griegos hace un momento.

(Parpadeo de luces. Retumbar de truenos acompañados de relámpagos. Puede usarse un disco de efectos y varios flashes. Tras apagarse toda la escena se encenderán varias luces en un irreal color azul. En off)

Zeus: *(Con una grave voz impersonal)* Esto es un aviso, Aristóteles. La próxima vez te la ganas. Ya estoy harto de que mis venerables barbas estén en boca de los mortales. *(Luz blanca)*

Anacleto: *(En tono confidencial)* Cuidado con el viejo. No sabes el genio que se gasta. Tiene los voltios a flor de piel.

Aristóteles: ¡Bah! Me han dicho que tiene la tensión baja. No hay que hacerle mucho caso.

Anacleto: No se ve ni un griego. Creo que te has vuelto a equivocar.

Aristóteles: Pues te aseguro que he visto a Ulises, el más astuto de los griegos, aquí mismo, en la puerta, preguntando por Agamenón el del mal genio, y por Aquiles.

Anacleto: ¿Aquiles?

Aristóteles: Sí, hombre, el que se dislocó el tobillo al desembarcar. ¿No te acuerdas que le prestamos el linimento?

Anacleto: ¡Ah, claro! Aquiles el duro. ¡Cómo se le puso el pie! *(Suena un silbato dentro de Troya)* Ya está ahí Héctor. ¡Qué pelmazo! Tiene una manía con la gimnasia…

Aristóteles: Lo comprendo. Está dispuesto a que Troya se lleve alguna medalla en la próxima Olimpiada.

Anacleto: ¡Claro! Como tú te quedas siempre… Eres el único privilegiado.

Aristóteles: Es mi deber hacer guardia. Yo vigilo la ciudad mientras vosotros, por ahí tan tranquilos.

Anacleto: ¿Y las siestas? ¿Qué me dices de las siestas que te pegas?

Aristóteles: ¡Falso! Nunca me duermo. Hasta cuando no tengo servicio duermo con un ojo cerrado y otro abierto. *(Suena el silbato enérgicamente)*. Y ahora corre, que Héctor se va a enfadar.

Anacleto: Yo al duro éxodo y tú al dulce éxtasis. *(Desaparece de un salto)*

Aristóteles: ¡Duro con ellos, Héctor, mente sana en cuerpo sano!

Héctor: *(Truena su voz dentro de Troya)* ¡Vamos! Abrid la puerta. ¡Más rápidos! *(Se abre la puerta de la muralla y salen Héctor y dos troyanos con paso atlético. Todos visten chándal y portan sus armas: lanzas, espadas y escudos)* ¡Uno, dos!, ¡uno, dos! ¡Alto! ¡Escuchadme! Los orgullosos griegos, además de organizar ellos siempre las Olimpiadas, ganan todas las medallas y luego se inventan aquello de que lo importante es participar. Yo os digo que lo importante es participar y ganar. Es verdad que no hemos ganado nunca ni a las canicas, pero esto se va a acabar. Hay que decir ¡basta!

Troyanos: ¡Basta!

Héctor: Con todas nuestras fuerzas…

Troyanos: *(Hasta desgañitarse)* ¡Basta!

Héctor: Eso es. Pero como decir basta no basta hay que entrenarse con entusiasmo, con ilusión. Este año, troyanos, tenemos una ventaja. La señorita Helena, que se encuentra concentrada con el resto de los troyanos junto al río, nos indicará los mejores ejercicios, y lo que es más importante, nos señalará los puntos débiles de los atletas griegos. Estoy seguro que muchas de esas medallas vendrán esta vez a casa, a nuestra Troya invencible. Y ahora, vamos a correr, a hacer piernas. ¿Falta alguien?

Troyano 1º: Sí, Héctor, falta Anacleto.

Héctor: *(Silbando furiosamente)* ¡Que nos vamos! *(Aparece Anacleto ya vestido con chándal, corriendo)*

Anacleto: Tendré que ponerme el chándal, ¿no?

Héctor: En marcha. *(Todos corean el uno, dos, y salen con paso gimnástico)* Hasta el río.

(Apagón total y luces azules de nuevo. Aparece, por el lado del mar, un nuevo personaje: Poseidón, el dios de las aguas. Viste de espumillón plata y verde simulando algas; lleva tridente y un pez en la mano.)

Poseidón: *(Con exagerados gestos)* ¡Ay, qué dolor! Esto de tener que vivir debajo del agua es fatal para el reuma. ¡Con lo fría que está, y encima se me oxida el tridente! El día que me jubile me voy a ir a una fuente de agua dulce y calentita y no me va a mover de allí ni el Olimpo en pleno. Este trabajo me va a matar, y sobre todo tener que organizar de vez en cuando una tormenta. Ahora, que yo, con mis olas y mis mareas tengo bastante y el que quiera tormentas que las haga él. ¡Tanto fastidiar! ¡Brrr! ¡Qué frío me ha dado al salir del agua! *(A Aristóteles)* ¡Eh, mortal! ¿Has visto a Don Zeus?

Aristóteles: *(Desde la muralla)* No, señor. Pero si está esperándole, no se preocupe, siempre tarda.

Poseidón: Ya lo sé. No es capaz de salir como todo el mundo. Tiene que ser con truenos y relampaguitos para incordiar.

Aristóteles: Es que como es el padre de los dioses...

Poseidón: De casi todos, aunque hay confianza, para qué queremos cumplidos.

Aristóteles: Pero no me negará que es mucho más bonito; truenos, rayos, centellas... *(Suena de nuevo el trueno y brillan relámpagos)* Ya está ahí.

(Aparece Zeus, mayestático, con larga túnica dorada, aparatosa corona y un manojo de rayos en la mano.)

Zeus: ¡Hola Poseidón, hermano! Perdona, pero es que se me habían descargado las baterías y me he retrasado. ¿Te ha gustado mi aparición?

Poseidón: No ha estado mal. Quizás con un poco de bombo y platillo...

Zeus: Todo está previsto. En cuanto me suban el presupuesto me incluyo una traca y banda de música cada vez que descienda a la tierra.

Poseidón: Yo eso no me lo pierdo. ¿Y qué, apostamos o no?

Zeus: Pero si está claro. Los griegos, como siempre, serán los vencedores de la Olimpiada. Si apuestas es seguro que pierdes.

Poseidón: Estás acostumbrado a que ganen los griegos, pero esta vez los troyanos darán la sorpresa. *(De modo confidencial)* Nuevas técnicas... Entrenamientos secretos...

Zeus: A pesar de todo ya verás. Los griegos son los mejores deportistas del mundo. Ahora tenemos uno que en el lanzamiento del plato no hay quien le gane. Creo que se llama Discóbolo.

Poseidón: Sí; pueden llevarse una medalla... tal vez dos... pero las restantes serán de los troyanos. Y me apuesto un cambio. Si ganan los troyanos tú ocuparás mi lugar en el mar y yo organizaré todos tus rayos y truenos.

Zeus: De acuerdo. Pero que sepas que vas a perder la apuesta, a pesar de esas nuevas tácticas.

Poseidón: Ya lo veremos. Ahora me voy, que me he dejado a las sirenas discutiendo y cuando vuelva no sé qué me voy a encontrar.

Zeus: ¡Mujeres! Yo también tengo prisa. Aprovecharé que tengo las baterías cargadas y hoy estoy de buen humor, para fulminar a unos pocos que me tienen hasta la coronilla. *(Señala la corona)*

Poseidón: ¡Ea! pues adiós y en Olimpia nos encontraremos. *(Poseidón se dirige al lado del mar. Se oye un chapuzón. Zeus, a su vez, marcha por el lado contrario entre flashes y truenos. Luz blanca. Aristóteles ha desaparecido de la muralla)*

(Aparecen Ulises, Agamenón, Aquiles y Homero andando sigilosamente.)

Agamenón: Por aquí. Hemos de sorprenderles. Un ataque relámpago y Troya caerá en nuestras manos. *(Se esconden tras las rocas)*

Aquiles: ¿Cómo? ¿Con qué escaleras llegaremos a lo alto del muro? ¡Mira que haberte venido sin escaleras! Ya lo decía yo: algo se nos olvida, y eran las escaleritas dichosas.

Agamenón: No volvamos a empezar. Te dije que anotases todo lo que hacía falta, pero como nunca me escuchas y haces lo que te da la gana...

Aquiles: Bastante tengo yo con mi pie hinchado para que encima vengas a reprocharme el haberte olvidado de las escaleras. Como sigas así, cojo mi barco y me vuelvo a Grecia.

Agamenón: Bueno, vete. Aquí no haces ninguna falta. ¡Vaya con el invencible! Y lo primero que hizo fue torcerse un pie.

Aquiles: Es mi único punto vulnerable.

Agamenón: La mala pata que tienes y que has contagiado a todo el ejército. Todos se han vuelto a Grecia menos nosotros.

Aquiles: Yo no tengo la culpa de que las Olimpiadas se celebren dentro de dos semanas y que los soldados no quieran perdérselas.

Ulises: ¡Basta ya!

Homero: Son las palabras más sabias que oigo en un buen rato.

Ulises: Si seguimos así va a durar esta guerra una eternidad. Si conocierais a mi esposa y supierais el mal genio que tiene ya habríamos acabado. ¡Cómo se pone cuando me retraso!

Aquiles: ¡Anda que la mía! Todo el día de compras. Comprar, comprar, comprar... ¡Ah! y ahora que me acuerdo, me ha encargado un espejo.

Ulises: Penélope, mi mujer, tiene otras manías. Hacer punto, por ejemplo. Tengo tantos jerseys que estoy aburrido.

Homero: *(Arrojando al suelo el bloc de notas)* Ni esto es una guerra ni nada que se le parezca. Soy un periodista de acción y no he venido a enterarme de que si uno tiene que llevar un espejo o Ulises tiene muchísimos jerseys. ¡Ya estoy harto!

Agamenón: Tiene razón Homero. ¿Empezamos a trabajar o no?

Ulises: Empecemos. *(A Homero)* Toma nota.

Homero: *(Refunfuñando)* Vamos a ver qué pasa ahora.

Aquiles: Claro que lo vas a ver. Voy a entrar en acción ahora mismito.

Ulises: ¡Alto, insensato! No tardarían esas murallas en llenarse de soldados que nos convertirían en coladores con sus flechas.

Agamenón: ¿Qué hacemos entonces?

Ulises: Emplear la astucia. Voy a acercarme a mirar por la cerradura y después de ver la situación os explicaré el truco del caballo. *(Se acerca cautelosamente a la puerta)*

Aquiles: Curiosear. Nada mas que curiosear. Y luego hablan de las mujeres. *(Ulises se acerca a la puerta y al asomarse por la cerradura, comprueba que está abierta. Regresa corriendo)*

Ulises: ¡Está abierta!

Agamenón: ¿Estás seguro?

Ulises:Ségurísimo.

Aquiles: Pues, adentro.

Agamenón: ¿Así de fácil? Puede ser una trampa.

Ulises: Caeríamos como tontos en la boca del lobo.

Aquiles: Tú eres el general. Agamenón: decide la estrategia.

Agamenón: Hasta estar seguro... ¡Esperaremos aquí!

Ulises: Es desperdiciar la ocasión. Voy a ir.

Agamenón: Bueno, ve. Pero que conste que yo me lavo las manos.

(Ulises se acerca de nuevo a la puerta; tras colocarse bien el casco y la capa, llama educadamente.)

Ulises: ¿Se puede? *(Silencio)* ¿Dan ustedes su permiso? *(Silencio)* ¡Hola!

Aquiles: Esto me huele a chamusquina.

Agamenón: A mí me huele todavía peor.

(Ulises ha entrado mientras tanto en Troya y regresa rápidamente.)

Ulises: ¡No hay nadie!

Aquiles: ¿Es posible?

Ulises: Homero, anota. ¿No me negarás que esto se está poniendo interesante?

Homero: Sí, muy interesante, pero también muy feo.

Agamenón: Es cierto. Yo veo aquí una trampa como el plumero de Aquiles. Los troyanos deben esperar que entremos para capturarnos. Está clarísimo.

Ulises: Pero... ¡No se ve a nadie! ¡La ciudad está vacía!

Aquiles: Hay que decidirse por algo. (*Se oye lejano el uno, dos, de los troyanos que regresan*)

Agamenón: ¿Qué es eso, tropas que se acercan?

Ulises: ¡Claro! Es que han salido todos y han olvidado cerrar la puerta de la ciudad.

Aquiles: Entremos en Troya y será nuestra. A correr. (*Corren todos hacia Troya. Aquiles, cojeando, queda rezagado*) Corred, pero no tanto, que me quedo atrás. ¡Esta pata! *(Ulises vuelve a ayudarle)*

Ulises: ¡Cógete a mí! *(Entran en la ciudad)*

(En off.)

Agamenón: ¡Cierra! ¡Cierra, Aquiles!

Aquiles: Ya voy. ¡Y no me grites!

Ulises: Mirad quién está aquí: el centinela.

Aristóteles: *(Despertando alarmado)* ¿Qué pasa? ¿Qué pasa? ¡Arrea! ¡Los griegos!

Aquiles: ¡A por él! ¡Que no se escape!

Ulises: ¡Cogedle!

Aristóteles: ¡Socorro! *(Suenan carreras, golpes y gritos a discreción. Luego, tras abrirse la puerta, sale precipitadamente Aristóteles sin capa, casco ni armas. Luce además un hermoso moretón en un ojo)*

Agamenón: *(Desde la muralla)* Se os ha escapado. Así no vamos a ganar la guerra, ni mucho menos las Olimpiadas.

Aquiles: ¿No sabes que no puedo correr?

Aristóteles: *(En el centro de la escena)* ¡Ay, de mí! ¡Pobre desgraciado! ¡He entregado la ciudad a los griegos! La maldición de los dioses caerá sobre mí. No merezco ni el pan que me como, ni las siestas que me duermo, ni la vida que me pego. *(Transición)* ¿Quién habrá sido el listo que ha dejado abierta la puerta de la muralla? Él tiene toda la culpa. Además, ¿qué puedo hacer yo contra el astuto Ulises, el intrépido Aquiles y el esforzado Agamenón? *(Asomándose al foro)* Ahí vienen los míos ¡Socorro! ¡Auxilio! ¡A mí!

Héctor: *(Con voz lejana)* ¿Qué pasa?

Aristóteles: Los pérfidos griegos están en la ciudad. Se han apoderado de ella y a pesar de que me he defendido como un león y un tigre juntos, eran demasiado para mí. *(Entran los dos troyanos, Héctor y Anacleto)*

Héctor: Te han dejado hecho una pena.

Aristóteles: Y menos mal que huí.

Héctor: ¡Cómo! ¿Un troyano huyendo?

Aristóteles: Menos mal que... ¡Huy qué dolor! Digo que menos mal que me defendí ferozmente.

Héctor: ¡Ahh!

Anacleto: Troya perdida. No nos podemos quedar así, tan tranquilos.

Troyanos: Asaltemos las murallas.

Héctor: Deteneos. Ahí están Agamenón y Ulises.

Ulises: *(Haciendo gestos de burla desde la muralla)* ¡Eh, los de fuera! Y no os llamo troyanos porque Troya es de los griegos. Si habéis perdido vuestra ciudad, ¿cómo no vais a perder los Juegos Olímpicos? ¡Estáis perdidos!

Héctor: ¡Troyanos! ¡No le escuchéis! Recuperaremos nuestra ciudad. Pero antes, vamos a deliberar de qué manera lo haremos. ¡Seguidme!

(Salen. Ulises puede continuar el juego de las burlas a juicio del director. Luego, Aquiles se asoma a la muralla.)

Aquiles: ¿Se han ido?

Agamenón: Van a deliberar.

Ulises: De nada les servirá. Tenemos todas las ventajas. *(Suspira soñador)* ¡Qué contenta se pondrá Penélope cuando se entere de que somos los dueños de Troya. Más de uno en Atenas se va a morir de envidia.

Agamenón: Sí, sin embargo, ¿qué valor tiene apoderarse de una ciudad vacía?

Aquiles: No, si ahora lo habremos hecho mal... No sé cómo te soporto. ¿Queríamos conquistar Troya? Pues ya está conquistada.

Agamenón: ¿Y qué es lo que hemos conseguido? Encerrarnos dentro de una muralla, rodeados de troyanos. ¿No es como estar en la cárcel?

Ulises: ¡Por Zeus! Es verdad. ¿Ulises prisionero? ¡Jamás! ¡Voy a salir! ¡Sujetadme que salgo!

Agamenón: Sal, astuto Ulises, y que se te acabe la astucia para siempre. Te cogerán y yo me alegraré muchísimo porque por tu culpa estamos encerrados.

Ulises: ¿Por mi culpa? ¿Os he ayudado yo a entrar?

Aquiles: A mí sí. Además me ocurre como a Agamenón, tampoco me gusta apoderarme de ciudades vacías. Si ya me lo dijo mi mujer: Aquiles, ¿qué se te ha perdido a ti en Troya? Y, ¡pobrecita mía!, algunas veces tiene razón: ¿qué se me ha perdido aquí?

Ulises: No te pongas así, hombre. A mí también me hubiese gustado conquistar Troya como los dioses mandan. Tenía preparado el truco del caballo...

Agamenón: Silencio. Viene alguien. *(Entra Héctor con bandera blanca)*

Héctor: Quiero hablar con vosotros.

Agamenón: Pues di.

Héctor: Os ruego que nos devolváis la ciudad y os marchéis. *(Ríen los griegos estrepitosamente)* Veo que os hace gracia, pero...

¿os habéis dado cuenta de que estáis prisioneros?

Ulises: *(Inseguro)* No. No nos hemos dado cuenta.

Héctor: Estáis rodeados de murallas, y rodeados de soldados. No podéis salir...

Aquiles: *(Aparte)*. Ya me lo temía yo.

Héctor: *(Sarcástico)* Y... ¿sabéis cuánto falta para la Olimpiada?

Agamenón: Dos semanas. ¿Por qué lo preguntas?

Héctor: Porque están ya a la vuelta de la esquina. Tu misión secreta era evitar que asistiéramos a la Olimpiada y va a resultar exactamente al revés. Todos los troyanos iremos a Olimpia.

Ulises: Nosotros saldremos en cuanto vosotros hayáis zarpado del puerto.

Héctor: ¿Creéis que os dejaremos algún barco?

Ulises: ¡Por todos los dioses! ¿No iréis a dejarnos sin Olimpiada?

Héctor:	Nos habéis dejado sin ciudad.
Ulises:	Eso es otra cosa.
Héctor:	Bueno, allá vosotros. Me voy.
Agamenón:	Tienes que comprender que no podemos rendirnos. ¿Qué dirían en Atenas?
Héctor:	¿Quién lo iba a saber?
Ulises:	¿Que quién lo iba a saber? ¿Sabes quién está en la ciudad?
Héctor:	¿Quién?
Ulises:	Homero el reportero. Ese lo cuenta todo. ¡No veas lo chismoso que es!
Héctor:	Y... ¿si conquistamos la ciudad, os marcharéis?
Agamenón:	Si la conquistáis no tendremos otro remedio, pero no os la entregaremos.
Héctor:	Troya será nuestra. *(Sale)*
Ulises:	¿Qué vamos a hacer?

Agamenón: Nos defenderemos. No me importa perderme las Olimpiadas, pero yo no me vuelvo a Atenas para que luego en el ágora me pongan como un trapo. Soy un general.

Aquiles: Pues aquí tienes un compañero que será cojo pero no manco. ¡No nos rendiremos!

Ulises: Ya somos tres. Para entrar en la ciudad tendrán que pasar por encima de... las murallas.

Agamenón: ¡Aquiles, Ulises y Agamenón...!

Ulises y Aquiles: ¡...Un zorro, un tigre y un león!

Agamenón: Ahora, andando a trabajar. Aseguremos la puerta y preparemos la defensa. *(Desaparecen los tres de la muralla; los troyanos, entretanto, entran sigilosamente empujado un caballo de madera, que sitúan en el centro de la escena. Salen)*

Aquiles: *(Dentro de la ciudad)* Ya está todo.

Agamenón: Pues a la muralla. A vigilar.

Ulises: Yo haré la primera guardia. *(Se asoma y ve el caballo)* ¡Cielos! ¡El caballo! ¡Me han copiado la idea! ¡Y sin permiso! ¡Agamenón! ¡Aquiles! ¡Venid...! *(Suben ambos a la muralla)*

Aquiles: ¿Qué pasa?

Agamenón: Mira, un caballo. ¡Un regalo de los dioses!

Ulises: Agamenón, no seas fantástico. Es un regalo de los troyanos. Me han copiado el truco que yo tenía para entrar en la ciudad. Dentro de ese caballo debe estar Héctor escondido.

Aquiles: Ya lo veo claro. Nosotros creemos que es un regalito... lo metemos dentro... y...

Agamenón: ...cuando estemos dormidos, sale Héctor y nos pone en la calle.

Ulises: Eso es: en la calle. Pero que conste que la idea del regalito de los dioses era mía.

Aquiles: *(Socarrón)* ¡Claro! Todas las buenas ideas son de Ulises...

Ulises: ¿Es que no me crees? La idea del caballo es mía. Podéis preguntar a Homero.

Aquiles: ¿Dónde está?

Agamenón: Curioseando por la ciudad. Dice que ha inventado el turismo.

Aquiles: ¿Qué es eso?

Agamenón: Ir a los sitios a ver, ponerse sombreros raros, meterse en agua del mar, ponerse al sol para tostarse... ¡Manías!

Ulises: ¡Cosas de locos!

Agamenón: Está bien. Dejémonos de charlas y pensemos lo que vamos a hacer.

Aquiles: Yo no hago nada sin que Homero esté delante. Luego no me creen en Atenas.

Ulises: Lo llamaré: ¡Homero! ¡Homero!

Homero: *(Dentro)* ¿Qué queréis ahora? ¡Ya voy!

Agamenón: De cualquier modo, no debemos meter el caballo en la ciudad.

Ulises: Hay que salir fuera, abrir el caballo y coger a Héctor prisionero. Podremos volver a Grecia con él y...

Aquiles: Será la victoria más grande jamás vista. ¡Llevar a Héctor prisionero!

Agamenón: Y conseguir que los troyanos no participen en los Juegos Olímpicos.

Homero: *(Sale sobre la muralla)* Ya estoy aquí, ¿qué pasa?

Aquiles: Ha llegado el momento de la acción. Queremos que escribas todo lo que sucede.

Agamenón: Manos a la obra. Iremos preparados. *(Bajan todos de la muralla) (En off)* Inocentes troyanos. Creen que vamos a caer en la trampa y son ellos mismos los que caerán. *(Abren la puerta y se dirigen al caballo. Mientras, los troyanos, a sus espaldas, van entrando en Troya. Homero toma notas afanosamente)*

Ulises: *(Los griegos rodean el caballo y lo miran y tocan por todas partes)*. Ahora hay que abrirlo.

Aquiles: No se ve por dónde hacerlo.

Homero: *(Recitando)* Buscaban desde el rabo a la nariz, si aquel caballo se podría abrir.

Agamenón: A lo mejor se abre desde dentro.

Ulises: Si es así, lo forzaremos y sacaremos a ese troyano.

Homero: Los ínclitos griegos buscaban la clave; abrir el caballo sin ninguna llave.

Aquiles: A mí me parece que este caballo es demasiado pequeño para que Héctor quepa dentro.

Agamenón: Es que es muy bajito, y si está encogido…

Aquiles: Esto no me gusta ni un pelo. *(Los troyanos han cerrado la puerta y están ya en la muralla)*

Héctor: ¡Eh, griegos! ¿No sois los más astutos del mundo? *(Los griegos estallan en exclamaciones de sorpresa)*

Ulises: ¡Por todos los diablos! ¡Nos la han jugado! Y eso de los más astutos lo dicen por mí.

Aristóteles: Toma nota, Homero.

Agamenón: ¡Qué ridículo tan espantoso! ¿Qué van a decir en el ágora de Atenas?

Aquiles: Toda la culpa es tuya, Ulises. ¡Mira que el rollo del caballo...!

Ulises: No es ningún rollo, es que los troyanos lo han hecho mal.

Aquiles: Todo esto nos pasa por venir a molestar. ¡Si ya me lo dijo mi mujer!

Ulises: Nos está bien empleado.

Héctor: Bueno, griegos, ahora ¿qué?, ¿os iréis?

Agamenón: Dimos nuestra palabra.

Ulises: Al menos tenemos el consuelo de que ganaremos en la Olimpiada.

Héctor: Eso ya lo veremos.

Homero: Ahora sí que me va a salir un buen reportaje. Ya parece que estoy viendo los titulares: "¡Espantoso ridículo en Troya!".

Ulises: ¡Calla! ¡Pájaro de mal agüero! ¡Tú no vas a escribir nada de eso!

Homero: Escribiré: "Fracasado el intento secreto de Agamenón".

Agamenón: Homerillo... ¡no me puedes hacer eso!

Homero: ¡Claro que puedo! *(Prosigue)* "El invulnerable Aquiles, lesionado".

Todos: De ninguna manera. Tu escribirás lo que nosotros te dictemos.

Homero: ¡Ja! ¡Ja!

Ulises: ¡Anda, sé bueno!

Agamenón: No nos hagas esa faena. Todos se reirán de nosotros.

Aquiles: Puedes pedirnos lo que quieras.

Agamenón: Sí, lo que quieras, pero no escribas nada de lo que ha pasado.

Homero: Lo pensaré. *(Los tres rodean a Homero afectuosamente)*

Ulises: Claro que sí, lo que tú quieras.

Agamenón: Vámonos. Aquí no hacemos nada.

Homero: De acuerdo, pero yo no remo, ¿eh? Bastante he remado para llegar hasta aquí.

Aquiles: Como quieras, Homero. Remaremos nosotros.

Agamenón: Y a ver lo que escribes.

Aquiles: Tú lo que tienes que hacer es venirte invitado a mi casa y allí escribes tranquilo. *(Salen)*

(En off.)

Ulises: Siéntate aquí, Homero; estarás más cómodo.

Agamenón: ¡Atención! ¡A los remos! ¡Uno! ¡Dos! ¡Uno! ¡Dos!...

Héctor: *(A Aristóteles)* ¡Ea! ¡Abajo todos! Y tú a vigilar. Con los ojos bien abiertos, es decir, con el ojo bien abierto porque el ojo morado no lo podrás abrir bien, ¿no?

Aristóteles: No, Héctor, no lo puedo abrir bien. Pero no importa. Podéis estar tranquilos. *(Queda solo Aristóteles en la muralla)*

Aristóteles: *(Suspirando)* ¡Qué paz! ¡Al fin nos hemos librado de los griegos! ¡Pobrecillos, se han ido tan tristes! *(Suena un trueno y los relámpagos iluminan la escena. Luces azules. Aparece Zeus)*

Zeus: ¡Oh, mortal! ¿Has visto a Poseidón, mi acuático hermano?

Aristóteles: ¡Oh Zeus! La última vez que lo vi fue cuando conversabas con él, esta mañana.

Zeus: ¡Oh, mortal! Muchísimas gracias.

Aristóteles: ¡Oh, Zeus! De nada. A mandar.

Zeus: ¿Dónde estará metido? De todos los dioses éste es el más fresco, y no solamente porque vive en el agua, siempre en remojo, sino porque nunca sabe nadie donde está. Y el mar... ¡es tan grande! Menos mal que tengo recursos para todo. Enviaré un rayo sobre las aguas y vendrá al instante. *(Se acerca al lateral y hace ademán de arrojar su haz de* *rayos. Suena un trueno formidable).* Ya está. No tardará. Hay que reconocer que es un buen chico este Poseidón, obediente y muy al tanto de su obligación. Sin embargo, lleva tantos años en el agua que no me importaría darle unas vacaciones.

Poseidón: *(En off)* ¿Quién me llama? ¿Quién osa molestar a Poseidón el dios del mar?

Zeus: Soy yo, no te enfades.

Poseidón: *(Aparece con la cara y las manos completamente negras)* ¿Qué quieres jefe?

Zeus: Pero... ¿Qué es eso? ¿Qué te ha pasado? No hay quien te conozca.

Poseidón: ¡Ah, lo de la cara! Que me han nombrado presidente honorífico de la Agrupación de Pulpos y Calamares del mar Egeo, y en vez de aplaudirme, me han puesto perdido de tinta. ¿Qué es lo que querías?

Zeus: Aclarar contigo lo de la apuesta. Dijiste lo que haríamos si perdieran los griegos, pero... ¿qué ocurriría si ganaran?

Poseidón: Nada.

Zeus: ¿Cómo es eso?

Poseidón: Que he decidido no apostar. En el momento que me llamaste estaba haciendo las maletas. Me voy.

Zeus: ¿Te vas? ¿Adónde?

Poseidón: A cualquier sitio donde las aguas estén más calentitas. Este mar es demasiado frío para mi reúma.

Zeus: De vacaciones, ¿no?

Poseidón: Algo así.

Zeus: Los dioses no tenemos vacaciones.

Poseidón: Pues yo voy a tener las primeras. Así es que… ¡Hasta la vista! *(Sale)*

Zeus: Pero, hermano, ¿me vas a dejar sin apuestas en esta Olimpiada?

Poseidón: *(En off)* Los dioses sabemos el futuro. ¿Para qué vamos a apostar? ¡Adiooós! *(Se oye un chapuzón)*

Zeus: *(Gritando hacia el mar)* Para divertirnos. ¡Vuelve, Poseidón, vuelve! *(Desolado)* ¡Es inútil! No quiere jugar conmigo y tiene razón: los dioses lo sabemos todo y esto es muy aburrido. ¡Pero me gusta tanto jugar, suponer que no sé lo que va a ocurrir! *(Se sienta tristemente sobre las rocas)* Es una lata ser tan listísimo.

Aristóteles: ¡Don Zeus! ¡Don Zeus!

Zeus: ¡Eh!

Aristóteles: No te pongas triste, por favor.

Zeus: ¡Ay, Aristóteles! es que me siento tan solo. Nadie quiere jugar conmigo. Aunque sea a las apuestas.

Aristóteles: Yo jugaría, pero como lo sabes todo...

Zeus: ¿Lo ves?

Aristóteles: Hay otros juegos más divertidos. En vez de lanzar rayos que hacen daño, podrías lanzar serpentinas, confetti y caramelos, cantar canciones...

Zeus: ¿Tú crees?

Aristóteles: ¡Claro que sí! Llamaré a mis compañeros y saldrán a cantar canciones y a jugar contigo. Voy corriendo. *(Desaparece)*

Zeus: ¡Van a jugar conmigo! Soltaré mis rayos porque desde ahora sólo arrojaré serpentinas y papelillos de colores. *(Se abren las puertas de la muralla y salen Héctor, Anacleto, Aristóteles y los dos troyanos. Traen bolsas de caramelos, serpentinas y confetti que entre todos arrojarán al público. Suena la música de la canción "El patio de mi casa es particular". Bailan alegremente en coro y cantan)*

Todos: Cuando estés aburrido
vente a jugar,
a comer caramelos,
cantar y bailar.
Verás qué bien
lo vamos a pasar,
¡Con tanto lío!
¡Con tanta guasa!
No importará quien gane
en la Olimpiada.
Don Zeus, Don Zeus
¿No baila usted?

No bailo,
no bailo,
porque no sé.

(Pueden repetir la canción con la letra original mientras continúan bailando y arrojando caramelos al público. En plena apoteosis, cae el

TELÓN

ÍNDICE